精鋭作家川柳選集

Senryu magazine Collection
Shineisakka Senryu Selection

中国・四国・九州編

精鋭作家川柳選集

中国・四国・九州編 ■ 目次

精鋭作家川柳選集

中国・四国・九州編

秋貞敏子

Akisada Toshiko

大阪に住む友人に勧められ、川柳の事を何も知らないまま、山口県から「川柳展望」に投句を始めました。

一年後、初めて参加した全国大会でお会いした先輩達のあたたかさに感動。もっと身近にふれ合いが欲しくなり、地元の川柳会にも入会しました。作句の悩みや喜びを共有できる仲間も増え、いつの間にか十六年が過ぎました。

いまだに思うように句ができず、悩むことも多いのですが、川柳を通して私の世界は大きく広がりました。今まで戴いたご恩を次の方たちへ引き継いでいくのが、これからの務めだと思っています。

そば畑平和な風が吹いている

わたくしを護る角度で開く傘

告げ口をしようと金魚浮いてくる

幸せの色を他人が決めたがる

どうしても私情が入る口伝え

雨の日は雨の匂いになる林

寂しくて陽の差す方へ伸びる枝

蛇がいた辺り用心して歩く

歩道橋人恋いながら錆びてゆく

飼われている自覚はあまりない金魚

根っからの無口ではない二枚貝

炊飯器ないと御飯が炊けぬ主婦

七月の稲は自信に満ちている

顔寄せて見ると愛しさ増す野花

景色などいらぬふたりの観覧車

トランプ占い悪かったからやり直す

ふかふかの土を目指している畑

ジャガイモが生きているぞと芽を伸ばす

精鋭作家川柳選集
中国・四国・九州編
9

缶ビールプシュッと独り慰労会

手の凹み団子丸めるためにある

火葬場と同じにおいがする歯医者

限界を悟って歩幅狭くなる

手に取るとあえかに吐息する螢

青空を映して楽しそうな川

順調な時は忘れているいのち

ひらがなで書くと優しくなる名前

母の歩に合わせ何度も立ち止まる

湿布薬残したままで逝った母

さくら舞う道でむかしとすれ違う

ポストインコトンと夢の弾む音

有海静枝

Ariumi Sizue

本来、短詩型文学に憧れていたが、字数縛りのあるのは難しそうと思ってた頃、五行歌を知った。とにかく『思い』を五行に並べれば良いと言う。しめしめ、これなら出来そうと、さっそく入会。そのご縁で知り合った方がなんと、川柳の句会を持たれていた。「ちょっと投句だけしてよ」「川柳マガジンに投稿してみたら」などのお誘いに乗っているうちに、嫌っていた五七五の縛りのある川柳の泥濘みの方へ落っこちてしまった。

　選句に関わってくれた息子から「デカダンスのにおいはするが、おばさんの愚痴の域を出ていない」などと言われもしたが、『思い』を詠み続けられればと思う。

ささくれた指先舐めてくれる猫

現し世から電柱へぬっと鉄拳

刺す虫の生き抜く必死との戦

破裂せよ不運いっぱい食った毬

大地踏み締めて風向き無頓着

手に馴染む浜に抱かれたまるい石

検査画像執行猶予付き無罪

無防備な物体と化す医師の前

延命か平穏死問うペラい紙

エアコンのぐわんぐわんが冴えひとり

凍えます抱きしめられた熱以上

劇薬を含んだ口が笑んでいる

自由なる猫の自由を奪い抱く

飼い猫の飽きて交信する宇宙

ぷすすす発酵し続ける寡黙

お互いが入れた切り取り線でした

痛いとこ貼った湿布が痒くなる

スパイシーな罪悪感を咀嚼する

メランコリー似合わないので蜜柑剥く

シェイカーの中で格闘するカオス

生きている証拠分別ゴミを出す

シャープでは生き辛かった二重顎

虚しさを埋める多弁が止まらない

シンデレラ洗濯物が冷えて待つ

キャベツ剥く深層心理晒すまで

真実をより真実にする虚像

骨壺の重さでやっと帰る家

夜が明けるもう黙らない羊たち

過去いっぱい脳に隙間がもうないの

くしゃくしゃのポイされた夜のしわしわ

稲村遊子

Inamura Yuko

川柳を始めたのは、鈴木公弘先生から、「真、情、美を問う個性有る川柳をめざす」という川柳観をお聞きしたのがきっかけでした。しかし仕事などが多忙になるにつれ作句が義務的になってしまい、例会をこなすだけとなっていました。

最近テレビで、マラソン選手だった増田明美さんが「知好楽」という論語を座右の銘にしていると紹介していました。「それを知っているだけの人よりもそれを好きな人、ただ好きな人よりもそれを楽しんでいる人のほうが結果を出す」という意味だそうですが、心に強く響きました。

最初にめざした川柳観をもとに自己表現が出来るよう、再び挑戦しようと決意を新たにしたところです。

変温のわたし冬眠しています
野菜との語らい農のありがたさ
無視できぬ桜開花とネコの声
熱すぎて期待どおりの実が付かぬ
思い切りドングリ蹴って泣けてくる
火傷せぬ程度にガスを抜いておく

渋滞になると高級車も停まる

レジを待つ他人の籠は覗かない

目には目を核には核という怖さ

回れ右したけど元に戻れない

顔のシミ目立たぬように日焼けする

ファイルしたその他の項にある迷い

花火散る後の無音に耐えられぬ

失敗をするモデルならできますよ

乱れ髪誰も振り向いてはくれぬ

まだ欲を捨てない指が悪さする

冗談のあたりに本音混ぜておく

花冷えのそれから人を信じない

朝の空気汚れる前に深く吸う

深呼吸天地のリズム吸うために

稲光負けてなるかと上を向き

白すぎる紙には本音吐けません

ゲリラ雨言いたい事はなんですか

がま口が小さくなって食べられぬ

下絵には希望を描いた跡がある

先に詫びても負け戦にはならぬ

締切が来ると掃除をしたくなる

夏過ぎて口約束が淡くなり

靴を揃える平穏な日暮れどき

焼き芋の熱ほっこりと母のよう

植田のりとし

Ueda Noritoshi

定年後、情熱を燃やしていた陶芸で、思わぬ賞などをいただき、県外の公募展出品も夢見ておりました。そんな矢先、腰を痛めて陶芸をあきらめざるを得なくなり、その創作意欲を川柳という文芸にぶっつけてみました。

やり始めてみると、川柳の魅力にすっかり取りつかれ、川柳に泣いたり、笑ったり、溜息をついたり、今では日常生活の一部となっています。

向き合えば向き合うほど、川柳の奥深さに立ち往生。何とか自分らしい川柳ができないかと格闘しています。

正直に生きただろうか落葉掃く

もっと濃く生きろと影に叱られる

天井にムンクの叫び浮かぶ夜

息ひそめ明日の針穴確かめる

栄光と挫折を抱いた紙おむつ

ありのまま水の流れにある答え

ぬかるみに落ちて決断迫られる

良心に訊くほど深くなる迷い

シャットアウトしたい日もある石を抱く

修正のチャンスを待っていたボタン

正解はわからなくても生きられる

咲いたまま逝けたらいいな終の章

別れには哀しいほどの青い空

泣きなさい涙はきっと虹になる

童話の森に無垢な心の種をまく

柔らかな線になるまで抱きしめる

空の広さ青さを知らぬ反抗期

青春の挫折ガラスのメモリアル

逆風に歩幅を変えぬ父がいる

優しさが真っ直ぐ届く母の文

繰り言に付かず離れず妻の酌

立ち直るチャンスをくれた父の背

メビウスの輪迷子の母が行き来する

妻の掌を落ちてはじめて知る平和

ネット社会過呼吸気味の砂時計

知らぬ間にドミノ倒しの列にいる

九条の死角にそっと立つ煙

原発の海に五欲が座礁する

シェルターにしてはならない古墳群

雲ひとつない青空に抱く不安

恵利菊江

Eri Kikue

私的川柳観

川柳作家と呼ばれる人は、この世の中で一番目に、川柳が好きという。私は川柳よりも、自分の夫が一番だ。夫が見守ってくれているから、川柳に挑戦していける。夫がいなかったら、私は生きてはいけない。

でも、川柳は生きてゆく上で、人生の肥やしになってくれている。人間の社会での喜怒哀楽は、ことごとく川柳に繋がってゆく。毎日ペンと紙を持ち、五七五の十七音に句を綴る。自分の思いが句の中に表現出来た時は最高だ。

川柳を始めてから、自分の言葉で詠み、味わい学び、そして自分自身に挑戦してきた。他人の言葉を入れたら、他人との合作になるからだ。このことだけは肝に銘じてしない。

青春のロマンス秘めた花時計

愛を説く百本のばら魅了する

真実の愛に目覚めた薬指

明日生きるために散歩を繰り返す

包丁の錆に浮き出る倦怠期

冷めた愛まざまざと見るパンの黴

外灯の明かりに勇気貰ってる

母の目を盗んで食べた食い盛り

真心の透けて見えます母の文字

まな板の窪みにためる母の愚痴

切っ掛けを掴んで話す仲直り

風邪ひいて夫婦仲良く医者通い

母親の衣を脱いで夜を待つ

しみじみと語り合う夜は妻の酌

久びさの電話にまじる父の声

色褪せた手紙に母が生きている

歳かさね円熟してく夫婦道

正直が罪作り出し噂呼ぶ

人間が好きで盛ってる好奇心

やんわりと金の無心を拒んでる

少しでも輝きたいと化粧する

忖度を追及しても藪の中

一言の情けにすがる雨の傘

チャレンジの構えだけして黄昏れる

辛口の檄に根性試される

息抜きに窓を全開風入れる

仲間の輪ひとりぼっちじゃないと言う

あした咲く花があるから生きられる

励ましのパワー貰って奮起する

人生の山場越えても夢を追う

太田ちかよし

Ota Chikayoshi

　このたび川柳マガジンさんからのお声かけで、この企画に参加させていただきました。

　川柳マガジンは創刊二十周年目を迎えられたとのことで、まことにおめでとうございます。

　川柳マガジンを読ませていただきましたが、全国規模の投句者、愛読者がいて、中身もいろんなコーナーがあり大変充実していると感じました。

　さて、つたない作品を三十句も人前に曝すという暴挙を後悔していますが、これをひとつの区切りと捉え、さらなる作品作りに精進していきたいと思っています。

別れの美学

奪えない愛に挑んだアゲハチョウ

会える日のためにに色替えするネイル

髪型を変えて待つ夜の薄化粧

遠花火ひとり信じた赤い糸

赤い靴履けどあの日に戻れない

アトリエに残したままの未来地図

どこまでも青いと信じ飼う小鳥
悪人になれとささやく般若面
ブランコの揺れが不規則二十五時
春用にセットしました恋のナビ
花びらの裏に書かれたラブレター
五月病恋の微熱が止まらない

会いたくて五分進めた腕時計

小さじ半足して君との愛繋ぐ

身を焦がす恋など無縁少し悔い

友達で良いからなんて軽い見栄

紫陽花の移り気真似てする火傷

変換キー愛の二文字になぜ迷う

使い捨てカイロと同じ恋のサガ

時効無し昨日の君のさようなら

失恋の帰路にしっかりゲリラ雨

恋色を無くしてからの偏頭痛

赤ワイン大人の事情絡む夜

謙譲語増えて二人の別れ時

メアド変え番号変えてする疎開

すぐ溶ける愛という名の雪の華

さようならを告げた唇閉じて冬

眠いだけ別れ間際の冷めたウソ

待つだけの約束なんて二段蹴り

迷わない別れの美学決めている

川上ますみ

Kawakami Masumi

今治市の汐風川柳にご縁をいただき、ようやく五年半になります。この度、思いがけず川柳選集出版のご案内があり、三〇句なら何とかなるかと、ありがたくお受けしました。

次々と課題に追われ、頭を抱えることもしばしば…。ですが、生みの苦しみがある分、推敲を重ね、心情にぴったりの句に出合えた時の喜びはひとしおです。

私を川柳の世界へと熱心に導いてくださった、汐風川柳副会長の川又暁子先生、今回の企画に推薦してくださった番傘川柳本社同人の安田翔光様、日頃何かとアドバイスや激励をいただいている先達の皆様方に、深く感謝を申し上げます。

今後も川柳を学び、幅を広げつつも、自分らしい川柳を詠み続けたいと願っています。

木洩れ日にかざす指先まで緑

ハミングが押し上げていく青い空

サファイアの化身紫陽花雨を抱く

マスターの寡黙へ通うレトロカフェ

屋根裏にハイジを探すスイス旅

パウダーのようにさらりとお気遣い

フォークダンスあなたの手まであと二人

両端をかじり合う恋ウエハース

舞い降りた淡雪いいえ初キッス

フォールインラブ理由は後でこじつける

石畳恋の行方を知らないか

唇にキスの欠片がまだ残る

鈍感を肝が太いと褒められる
何か変おっと眉毛の描き忘れ
友だちに変換できた元夫婦
本電話ケータイ探すピッポッパ
チョイ悪に挑み失笑する鏡
ライバルに薬の数で負けている

愛だけがあったゼロからの出発

乳呑み子へ母の命がほとばしる

クレヨン画親バカという額に入れ

配分は小出しに愛の持久走

飛び方を知らないままに蹴る巣箱

ほほえみに逢いたくなれば目を閉じる

闘いの余地へ運命論が退く

人間の海で鳴らしている霧笛

更生へ抱き締められた日の記憶

いつの日か誰かを守る屋根になろ

万人に等しく落ちる砂時計

願うなら飛び立つ空がきっとある

藏田正章

Kurata Masaaki

川柳と私

老いの楽しみとして始めた川柳も九年になる。左脳ばかり使って生きてきた私が、右脳を使うのだから当初は戸惑った。

川柳では視点、共感、ストーリー性が大切だと教わったが、このバランスがとてもむずかしい。私の場合、いつも視点が優先してしまう。文芸は作者の心の発露だと考えれば、作者の心を通して生まれる句は心の投影であり、分身であり、影だと思う。

今回、私の句を拾ってみて、「ゴメンネ」（若干ありがとうの意味を含んでいるものもある）と、「青い空」という表現の多い事に気付いた。多分、これが今の私の生き様なのだろう。

私の川柳はこれでよい。

目覚めれば台本のない幕が開く

冬の旅譲られた席あたたかい

金とヒマあるから戦したくなる

好きですと書けずにバラの切手貼る

ゴメンネを先に言われて借りが出来

お互いに半歩譲って風通す

千代紙が鶴へと変わるその重み

シャツの襟汚れて今日が暮れてゆく

ゴメンネがすらすら言えて青い空

こぼしても米粒だけは手で拾う

母さんが童謡うたう仕舞風呂

退院日天使がくれた請求書

ボーナスを遠くに聞いて野良仕事
記念日を拾い集めて老いてゆく
真っ青な宇宙を見ても歯は痛い
悲しみの涙に虹が立っている
低頭にチラリと見せた高慢さ
テンションが最低の日は色がない

路地裏で魂ひろい父帰る

良い人と言われストレス懐に

親友の毒舌ならば毒はない

アメリカと握手した手が離れない

人間は神を信じて戦する

煩悩が走る私は生きている

退院日空は家まで青かった
神よりも君の言葉に感謝する
ゴメンネの笑顔がとかす蟠り
干し柿は母が笑った時の顔
猿山のボスと目が合い会釈する
今日は今日あしたの米を研いで寝る

斉尾くにこ

Saio Kuniko

川柳は創っている時間が楽しくて、ぼんやりと考えるでもなく考えているそんな時間が心地よくて、入れたり外したり違う言葉と交換したり、ぴたりと合う言葉にすっきりしたり、意外な言葉が予期せぬ物語を描いたり、そんなところが面白くて続けてもう十余年になります。

この度、三十句を選ぼうと、直近の数年を振り返ることができました。同じ処をくるくる回っている私や、確かにそうだったと過去の自分と向き合ういい時間でした。

さりげない日常も、複雑な思いも、通り過ぎていきます。俯瞰してみるもう一人の私が居るのはこの次に創るもの、この先に創っていくものであるように思います。

湖が光る何かがあるように

コットンに浸み込む夜の水音

戦いが終わり戦いが始まる

泣くところ笑うところも弱いとこ

いい人の真似をしました請求書

わがままを許されるたび遠くなる

血の出ないささいな損は口にせず

みっともなさを分かちあい笑いあい

いいねいいねとひとりぽっちの拍手

手をつなぐ弱気なだけの優しさと

頭からシャワー一気に流す今日

プリズムの三角ふりそそぐ　だって

新しい出会いが開ける未知のドア

カフェテリア紳士の手には新語辞書

青空とそよ風だけのランジェリー

ゆたゆたゆたゆたう背徳心に酔いながら

ゆっくりと時が疑問を投げてくる

ただ独り沖を見ている地下のカフェ

息づかい似た人がいる停留所

羽衣はほらパラグライダーになる

そこだけは水色の大人の事情

ひとまずと言われたら謎めいてくる

挫折するたびに挫折が背を押す

何もない真昼のなんて無重力

失言は優しい無視をしてあげる

ゆっくりとこの世が動く山陰線

明るい人は明るくしてる人でした

聴こえている声に出さないガンバレが

残照にかざす若さの残り瓶

金継のされたハートが光りだす

杉山　静

Sugiyama Shizuka

3人目要らないパパの膝が好き

男児二人に次いで生まれた長女（十一ヶ月）をおんぶして「若竹川柳大会」に飛び込んだのが川柳との出合いだった。

人とのかかわりの苦手なかわいげの無い自分が、唯一自らを主張出来る短詩に惹かれ、伝統ある弓削川柳へ足を踏み入れる事となった。それでも未だに光る句には出合えず、

ハグしたい吼えたい人は遠く住む

相談すべき前任の事務局長も転居、孤独に嘖まれる。

最近の内助は夫の役らしい

若輩ながら夫に支えられて今に至っている。こうして川柳選集への参加の機会を戴き、感謝申し上げる。

素で生きる

色メガネ越しはダメですいい子です

袖口のてかりのワルも今初老

此処からは硝子細工の辻続く

ありのまま生きた鏡を光らせる

伸び放題愛を丸呑みした野菜

病む家族出来ておんなじ方を向く

火渡りも輪くぐりもして遠い拉致

怯むまい救える生命ある限り

入籍をしてから筋道が狂う

押印が招いた闇へ茶が冷える

打ち上げた花火は過去を振り向かぬ

乗り易い質で財布はいつも空

憎しみも煮込み涼しい顔で生き

竹割った性で難所を晴れにする

ポジティブなドラマ余白を溢れ出す

ふる里の廃屋雪は降り積もる

極貧のノスタルジアを抱いて今

走馬灯潤む都会の青春譜

ひと夏の恋が弾けた遠花火
はらからの急逝呑めぬ酒と居る
腹心の友と素のまま渡り合う
疎まれる覚悟ひたすら子を案じ
自問自答の轍に消せぬ痕がある
欠け茶碗まだ捨てられぬ理由がある

遠い陽のシチュエーションにひそと咲く
のほほんとひと日を終えた爪の伸び
来し方を記せばいつか夜は白み
労うてやろう七坂越えた脚
仰ぐ師の座右がそっと背なを押す
ゆったりと幸せな陽が落ちてゆく

瀬戸れい子

川柳をやっていて良かったと思うことがよくあります。毎日慌ただしく暮らしていますが、その中で何度川柳に助けられたことでしょうか。日常のささやかな発見や喜怒哀楽を句にすることで気持ちが落ち着くのです。

第41回全日本川柳二〇一七年札幌大会で、川柳同友会みらいの鈴木公弘先生に出会いました。川柳に対する真っ直ぐな思い、真情美を求める表現、句に問いかける、私は一から勉強を始めることになりました。指導理論がなかなか身に付かない私に温かく対応してくださる先生には感謝しかありません。

残念なことに広島は川柳密度が薄いような気がしています。私にできることは何だろうかと考えながら川柳活動を行っていきたいと思います。

現実を離れて遊ぶブナの森

好奇心全開にして森に住む

山頂の汗が私を強くする

目標の樹がオアシスになる夏日

肩書きが要らぬ笑顔の山仲間

山へ行き自然の音と対話する

万歩計に聞いてデザート追加する

記念日と気づきカレーにカツ添える

水飲んだだけで体重増えている

豪雨には大切な傘使わない

初孫と暮らすスープの冷めぬ距離

瞬きをしたら白髪になっていた

時効などないヒロシマの青い空

鶴を折るこころに平和植えていく

永遠に開いてならぬ核の傘

後世に残す戦争知らぬ幸

豆の蔓平和な音をたてて伸び

宿題を平和公園から貰う

いちばんの宝はあなたとの出会い
オブラート溶け明らかになる秘密
外野席の野次に理性を取り戻す
迷わずに決めるわたしの着地点
ここまでと線の引けない愛に住む
幸せが続いておんな脱皮する

土雛とこころ豊かな祝い膳

神からの囁き我慢足りません

さいころを何度振っても上がれない

母に会えたり姉に会えたりする鏡

ルビ振って孫の名前を呼んでみる

優しさを拾う優しい耳がある

田中一眸

Tanaka Ichibou

サラリーマン川柳感覚で始めた川柳ですが、学べば学ぶほど奥が深く、鈴木公弘先生が言われるとおり、「文芸」であると実感する日々を送っています。

課題を忠実に句に取り込んでいるのか、その句の中に自分が居るのか、等々、先生に何度も教わっているのに、句会寸前になり、句になっていればいいと、その場しのぎで作句していました。ただただ柳歴が長くなっているだけで、実力とはなってなく、句を推敲する癖の無さを反省しています。

定年後の趣味として、様々な習い事をしてきましたが、最後まで残ったのは川柳だけでした。ここで、本気になって川柳に取り組んでみようと思っています。

雪ずりに白いうなじを狙われる

幸せの目盛りをどこに合わせよう

鼻歌でもつれた糸を解いてる

宴終えた余所行き顔が捨ててある

たまご持つように遺骨を抱いている

トップから落ちても命だけはある

良い事があったか箸がよくしゃべる

生かされた命の意味を問う夜明け

平坦な道を避けてるへそ曲がり

忘れよう前へ進んで行くために

暗闇で繋いでくれる手を探す

おぼろ月やさしい過去が甦る

憎み合う風やんわりと押し返す

うっかりとこぼした秘密よく回り

バス降りて自分の香り取り戻す

輝いたライバルがいて頑張れる

一人立ちなんと陣地の狭いこと

軸のブレ叱ってくれる人がいる

毒を吐く相手のことは考えず

太陽の不実ひまわりには告げぬ

縁切りに携帯変えるほどの仲

神の糸いただき命織り上げる

踏み台にしてきた父母へ詫びてない

人間を進化させせない電子音

ポツリポツリ明日の種へと慈雨が降る

聞く耳がないのか拉致の子が叫ぶ

ウソ許す歳月という処方箋

華やかな人だが背なが哀しそう

自己主張しない玉子を見習おう

どん底を忘れないよう小指かむ

徳長　怜

Tokunaga Rei

たけ《竹》とうめ《梅》がおふろにはいりました
たけはぬるいのでたけたけといいました
うめはあついのでうめうめといいました

祖母にもたれ、古い絵本で言葉を楽しんだ幼時の記憶を今も鮮明に持っているというのは幸せなことだと思う。それは、初めてことばが言葉として身の内に流れ込んだ日だったのかもしれない。紀貫之は「人の心を種としてよろづのことの葉とぞなれりける」と書いた。目と耳と鼻と手と足と…心を柔らかに動かせば、白い空に青い雲が流れ、一本杉が屈伸を始めて雪だるまが歩く。

祖母にもたれていた子は、心も怪我をすることを知った。心の膝が痛んだらいつの間にか傍にいてくれる川柳に掴まって、ゆっくりごおしちごと立ち上がろうと思う。

月光の投網を打たれ動けない
一枚の湖面になってゆく話
舟偏をつけてたゆたうのも一手
波だったことを静かに語る線
五月のゆびに葉脈が這いあがる
水音で縛る流れてゆけるよう

れいちゃんに水色を読み聞かせ中

・から・　を夕やけでつなぐ

ひっぱって虹の長さにしてあげる

一枚は九月の海であるティッシュ

Ｗ・ｉ－Ｆ・ｉと青いもの何かください

空き壜と呼ばないで詩を入れてある

徳長　怜川柳抄

モルワイデ図法に私を開く

理科室のガイコツおまえ先覗け

心臓の代わりに詰めておく林檎

背びらきで私取りだすワンピース

ちょんまげのあったところで感じてる

まばたきが減った　こけしになるんだね

肉親のひとりとなった山桜

例文として零れ落つ萩の花

空心菜　空を通してあげたのね

さみしさの練習帳を持っている

道になる　道を聞かれているあいだ

端っこがちょっとめくれている明日

ネクタイという一本の動脈よ

花吹雪やさしい威嚇だと思う

また一人切り取っているゆび鋏

水仙のそれは凶器の握り方

一本の百合に斬られたことがある

人間は燃やせるように創られた

原 脩二

Hara Shuji

私の川柳歴は平成十八年にある方の誘いを受けて近くの川柳教室に顔を出したことから始まる。しかし川柳の知識はそこでは全く無くＮＨＫ学園の川柳講座からのものです。

岡山県の川柳大会で茨城つくばね会長の太田紀伊子氏に会ったことから人の輪が広がった。まず太田氏の知人の相田柳峰氏、真壁芳朗氏、浅利猪一郎氏。特に年二回発行される冊子に記載された十句吟に関係する浅利氏の簡単なコメントは非常に興味深い物がある。

掲載句は私の句が好きだと言われる方に掲載希望句を選んでもらった句を優先した。決して秀句なるものはないが、これが私の句であり生きる姿勢の句です。

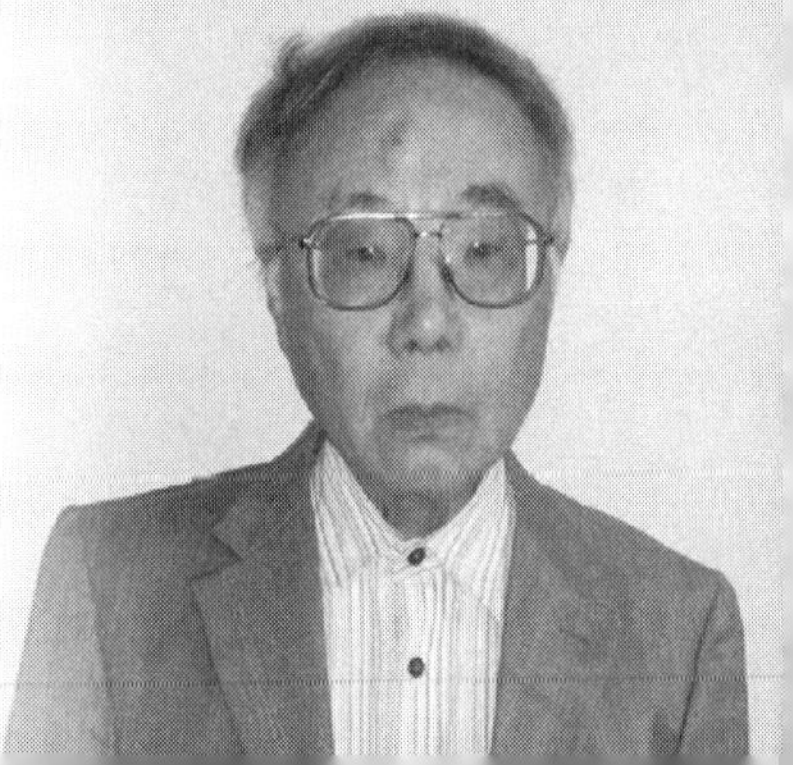

いい子だと言って育てた母の知恵

愚痴ひとつ聞いたことないお母さん

いいことを探し歩いた母の道

物事を半歩下がって見る余裕

居るだけで安心させる人の価値

一つ老いひとつ余命を追加する

死にたくはないと言いつつ兄が逝く
もうよりもまだの言葉にある余韻
迷ったら前に進むと決めている
初耳と知った顔する思いやり
定年後家事手伝いは妻上司
優しさが傷心包む塗り薬

他人だと虐めた義祖母のその不憫

嬉しくて涙流したお葬式

生きる欲あって体調まだ確か

魂の奥で憎さは昇華する

長生きを楽しくさせる変化球

愛犬も血液検査尿検査

日本語は知られ犬語はわからない

考える尻尾止まって動かない

雨の日も泣き言言わず晴れを待つ

薬より笑いが病気遠ざける

真っ直ぐな道でないから楽しめる

加齢だという病名が幅きかす

原　脩二川柳抄

恩人に出逢い生涯宝物

初恋の人は乳飲み子残し逝く

歳月という特効薬が人救う

希望の灯あれば苦労も感じない

食パンを曲尺当てて切るオヤジ

救われた仏のような養父がいて

平尾正人

Hirao Masato

遥か昔、アサヒグラフという雑誌の中に川柳新子座というコーナーを見つけて投句を開始したのが川柳との付き合い始めだった。

医者として一番多忙を極めていた時期で、その時になぜ川柳だったのかと言われても、たまたまとしか言いようがないのだが、白衣を着て演じる公的な医者としての立場と、純粋に私的な作句という行為の無関係さが心地よく、それで心身のバランスをとっていたのではないか、と今になって思う。

今では川柳は生活の中に当たり前のように溶けこみ、一日一万歩の徒歩通勤時間が唯一の作句タイムとなっている。歩けば体が喜ぶ。川柳が浮かべば脳が喜ぶ。歩きながら作句すれば脳も頭も同時に喜ぶ。実に安上がりな健康法である。

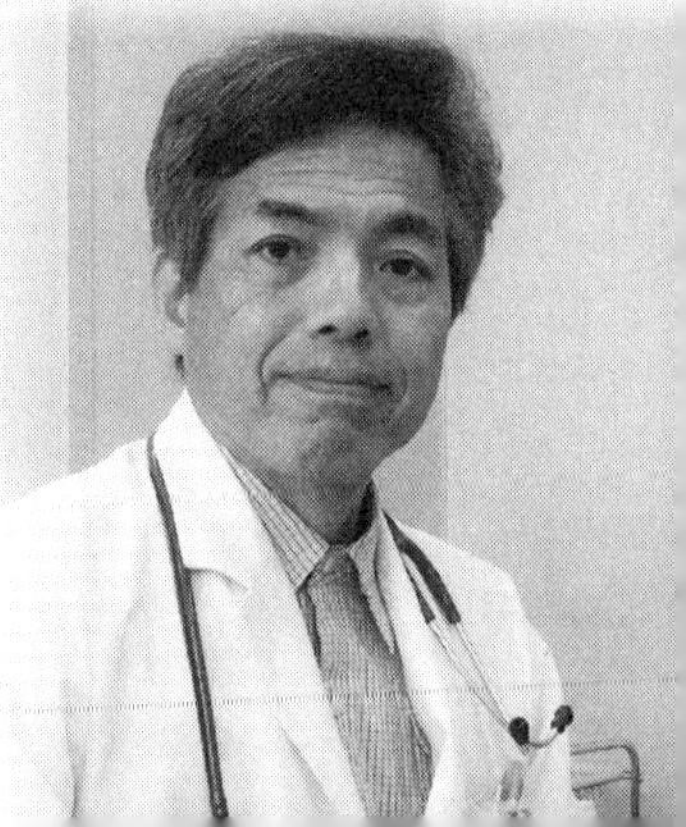

三連符になった無音を転がして

頂点という深すぎる落とし穴

尖るだけ尖る傷付け合うそして

クリックをするたび濡れてくる右手

言い訳のメインディッシュが決まらない

関係は肉親以上他人以下

水はけの悪さを水のせいにする

ありがちな笑顔のありがちな写真

やわらかくこわれてきえてゆきそうな

対角線上に二人のあれやこれ

親を捨てる場所がなかなか決まらない

友達の輪の中友はみな他人

確かめてみたくて今日を裏返す

欠けているところが愛すべきところ

焼香へ生者の列が延々と

楽観は悲観のベストパートナー

サからシへ続く桜のサから死へ

風のことだけ考えている九月

好きだから嫌いだからと逃げている

血の濃さを競って譲り合う介護

ログアウトしましょう火傷しないうち

お疲れでしょうね向日性の花

雨が降り始めて一人だと気付く

おやこんな所に良心の欠片

無理をしないようにと無理をしてしまう

病院へ押し込められる老病死

分母から壊れてやがて分子まで

確かめて洗う目の位置鼻の位置

息を吐く息を大きく吸うために

たくさんの好きを見つけて今日も晴

藤井智史

高校三年生の時、地元の税に関する川柳コンクールに応募。それを機に川柳作句開始。

作風は、色々な句に挑戦する為、「挑戦的七変化」。川柳大会（誌上も含む）や新聞の柳壇へ投句、公募川柳も己の作句力の向上、視野を広げる為応募している。

平成二十九年、川柳塔社ｗｅｂ同人・誌友ミニ句集内藤井智史ミニ句集「只今、準備中」、平成三十一年、リバーシブル川柳句集「ポジティブ！／Ｌｏｖｅ＆Ｍａｔｃｈ　Ｍａｋｉｎｇ」を刊行。

趣味はカラオケ、寺社巡り（御朱印を集めている）。好きな食べ物は、お好み焼き、どら焼き。アルコール飲料が好きで、酔った勢いで作句することもしばしば。令和元年十一月五日（いいご縁の日）に入籍する。

ズドンと一撃　本音のキャノン砲

なんて良い言葉だアンチエイジング

ヒーローの横に君臨するパセリ

心地良い海へローカル線の揺れ

人間の欲が集まる初詣

生き方がサンドバッグになってくる

仲直りしたい言葉のかくれんぼ

未来へと走らす夢は発動機

0.1mgの謝罪来る

アテンションプリーズ　嫁を募集中

キャッチアンドリリースな恋の未練

サヨナラは常套語だろ立ち直る

つかみどりポロリと落ちた愛でした

音量が足りない愛が届かない

金星は逃げてやっぱり独りきり

乗る愛もいない回想する独り

逃げる愛既読スルーという黙秘

母ちゃんの防虫剤に去る彼女

両翼をポキポキ折られ愛は去る

騒がないマナーモードの恋をする

爆弾の恋ですマスクメロン来る

ハートにて埋める潤うスケジュール

らんちゅうのふくれっ面を抱きしめる

愛燃やす火力上昇するメール

カラカラなボクの浸透水は君

引き当てた愛はワイルドドローフォー

大雨を撥く包容力つける

たっぷりと聞かす婚活武勇伝

嫁と母サンドイッチの具はオイラ

初っ切りの愛を笑って春にする

前田楓花

私が川柳を始めたのは、故両川洋々氏との出会いから。その後、新家完司氏の大山滝句座へも通うようになりました。

言わば生みの親と育ての親、二人の師がいてこそ今まで続けることが出来ました。もう一つには、同じ趣味を共有するたくさんの楽しい仲間がいたことです。

私の川柳ノートの表紙には必ず「たのしい川柳！」と書くようにしています。今もこれからもこの気持ちを忘れないよう前に進みたいと考えています。

最後にこの企画にお声掛けを頂きました新葉館出版の松岡恭子さんにお礼を申し上げます。

根っこには故郷の土が染みている

菜の花の景色がいつも離れない

好きになろう私の暮らす町だから

「里の秋」聴いて女の子にもどる

いっぺんも命を懸けたことがない

自画像は優しい顔に描いておく

赤ちゃんの未来占う足の裏

占って迷って決めた子の名前

父のネジ母が緩めて子が育つ

ポップコーン爆ぜてそれぞれ違う道

遠くから見ても我が子はすぐわかる

いい方に解釈すればいい夫

腹立つと欠点ばかり見る眼鏡

柱にもシミそばかすが出来ている

友情はほころびやすく縫いにくい

甘い汁吸った蛍は闇の中

人間の海で乾いていくハート

眠れない夜は右向き左向き

私より温かい手に握られる
才能は無くても努力しています
B面の私の方がおもしろい
実験のために生まれたモルモット
色鉛筆好きな色からちびてゆく
わたくしは二人羽織の中の人

トロトロと最後の恋は煮込み中

副作用承知で飲んだ惚れ薬

胸元の緩いボタンが泣きどころ

錯覚をするから恋をしてしまう

笑っているうちにいいことありそうな

四コマの続きは星になってから

もりともみち

Mori Tomomichi

言葉の中に今をとどめること。呟きならすぐ消える。５７５にすることでその今は永遠性を持つ。

そして、たとえ私個人の私的な出来事や感情であったとしても、サブコンシャス的に他の誰かに共有されるとしたら、それはもうただの呟き以上のものであると言っていい。

人間も、動物も、意識下のもっと深い無意識下のところで実は繋がっているのではないかと私は思う。個々の日々の出来事はそれぞれ違う。でもその根本のところはみんな変わらないんじゃないかと思う。だから、経験をしていなくても、映画や小説や音楽を同じように楽しむことができる。

普遍性と永遠性を言葉に込めることによって、ただの呟きは芸術となるのだと思う。

花柄のシャツに包んだ青い性

初恋の色は見上げた空の色

ひまわりに麦わら帽子貸しました

ため息も吐息もシャボン玉の中

ピカピカのコインをお守りにあげる

魂の真ん中にあるクリスタル

眼に海を宿した人に愛される
ふたりしか知らない場所で開いた芽
放物線描きもうじき着地点
来た道は風に消されてしまったよ
くちびるに嵐の種を残される
大声で笑ったパッと虹が出た

一対の菜箸焦げ跡も同じ

花園の和を乱すほど美しい

列をなす蟻たちの行く先は明日

足跡の一つ一つに歌がある

忘れてはならぬと傷痕は遺る

ただ黒は白を愛したかっただけ

πは永遠に旋律を奏でる

さまよいの果てに辿り着いた子宮

運命をこれからノックするところ

投げ捨ててしまった過去の一ピース

交わらず終着駅へ着くレール

触れられたところ全てが火傷する

一筋の煙が天と地を繫ぐ

毒蛇の毒牙は毒蛇の正義

日常にメメント・モリと刻み込む

清濁の間で神様は眠る

その指に触れられ狂い出す時計

炎上の火種を手放せずにいる

山下華子

Yamashita Hanako

川柳へと辿り着いた切っ掛けはどどいっ!! 平成六年、親友に当時NHKラジオ文芸選評の折り込みどどいつの選者中道風迅洞先生の教室に誘われ入門。起承転結を教わりました。「あ・し・あ・と　阿蘇は冷え込みしぐれが雪に貴方と私はとうに冬」大笑いの中でのコメントに快感!! 野暮名を華子としました。十二年、大牟田の例会に初出席。十九年五月、閉会になり翌六月より川柳クラブ大蛇山を創立。五人からのスタートも三〇名近くなりました。

川柳が私の人生を輝かしてくれました。多くの柳人に出会えたこと。大会へも出来るだけ参加して交流を深めていきたい。

かけがえのない柳人達との出逢いに感謝しながら…。

五七五の十七文字の吐息…人生を詠みたい。

折れそうな私を諭す帯の芯
結び目を解くと匂い立つ炎
ほろほろと酔いはらはらと泣いている
身体中何処を切っても泪いろ
うたかたの夢の続きにある浄土
人間の海へ溺れてゆく私

月の雫をときどき飲んで生き延びる

春の色みんな優しい色で咲く

また生まれ変わるとしても父と母

約束をしたがる指が眠らない

さくらさくら花びらごとにある炎

カラフルな嘘を並べてからワイン

てのひらをこぼれて行った運の数

シャガールの景に逃げ込む淋しがり

走り過ぎました転びました　私

指切りの指から溢れだす炎

待つという事は快感桃を剥く

自信から過信へ転ぶのがお酒

しみじみと独り深夜の返し針
蒼い月こころの声を聴いている
源氏読むときてにをはの息遣い
十三夜人恋う酒に酔いながら
何もかも母へと辿り着く銀河
淋しさへ月を抱いたり抱かれたり

始まりは桜終ったのも桜

逢うだけで良かった遠い日のさくら

やわらかく生きたし風に舞う桜

たっぷりの煩悩生きている証

これは父これは母似と百羅漢

生かされて生きる生命を弾ませて

吉井楼太

Yoshii Rota

社会の扉

橘ライオンズクラブ在籍中（平成七年）、クラブの文芸川柳同好会・糸瓜会に、恩師の一人である井上連図会長（平成三十年十月死去・享年九十六）に誘われ入会した。短詩文芸は教科書でかじった程度だったが、川柳という新しい未知の世界に飛び込んだ。

現役時代は川柳に要する時間が取り難かった。この間、現宮崎番傘川柳会長間瀬田紋章氏から宮番へ誘われ入会した。一方少しでも多くの人に文芸川柳を広めようと、異業種の交流会・宮崎実業クラブ（約百名）の中に、川柳同好会「世詩凡」を故井上連図氏らと立ち上げ今日に至っている。

川柳については人間の生き様、社会の有り様に内在する問題を抉り、悩み、楽しみながら「社会の扉」をこじ開け詠んでいけたらと思う。

水を下さい　消せぬ昭和の一行詩

さわさわと哭く葉桜の反戦詩

キャタピラの轍に鳩はうずくまる

人間の鎖　平和の手が温い

平和への滑走ならば許します

折り鶴の一羽が嗤う反戦歌

独裁の椅子温める飢餓の民

領海の雑な線引きマグマ溜め

人間の虐待嗤う親子猿

膨んだ蕾を手折るネット闇

団欒が消える孤食に箸の鬱

人間を掻き回してる黒い舌

理不尽な颪を許さぬ蟻の乱

錆びつつも釘一本が持つ矜持

過労死の企業に凋れた花時計

開発に小さな古墳の嘆き声

偽装列島歯軋りの音高くする

殺処分引かれる牛に乞う赦し

広々と鳴かぬ牛舎に風が病む

神からの果実にしては綺麗すぎ

情報に迷う羊の深い森

躓いた石に見向きもしない薔薇

帰るたびのっぺらぼうが増える町

自分史に鬼も仏も居た轍

原罪を今日も吐き出す人の口

大海を知って帰って来る金魚
（第32回国民文化祭・なら2017橿原市長賞）

豊饒の海でゆっくり萎える足

ポケットに本音を隠す笑顔持つ

ゴミ捨ての雨に濡れてる童話集

春らんまんコロナ禍に遭う花の鬱

精鋭作家川柳選集　中国・四国・九州編

秋貞敏子（あきさだ・としこ）
昭和22年1月生。平成15年10月、川柳展望社誌友、翌年会員へ。後に富田番茶川柳会、夫婦松川柳会、おごおり川柳会へ入会。

有海静枝（ありうみ・しずえ）
保育士・介護関連業務等、主として人に関わる仕事に就いていた。ここ数年、年一回は軽微な癌の再発に見舞われる。趣味は里山歩きと後の温泉。猫と共居。

稲村遊子（いなむら・ゆうこ）
平成6年、川柳を開始し、鈴木公弘門下となる。現在、くろぼこ川柳会会長、川柳同友会みらい幹事長、川柳展望会員。一般社団法人全日本川柳協会の常任幹事。

植田のりとし（うえだ・のりとし）
平成28年、朝日新聞（宮崎版）年間賞受賞。平成29年、宮崎番傘川柳会入会。平成30年、宮崎日日新聞柳壇賞受賞。令和元年、朝日新聞（宮崎版）年間賞受賞。

恵利菊江（えり・きくえ）
昭和27年生まれ。宮崎県在住。無所属。

太田ちかよし（おおた・ちかよし）
平成28年8月、番傘川柳本社誌友。令和2年6月、宮崎番傘川柳会同人。令和元年1月、朝日新聞社（宮崎版）川柳部門奨励賞受賞。令和2年2月、宮崎日日新聞社川柳部門柳壇賞受賞。

川上ますみ（かわかみ・ますみ）
昭和26年12月生まれ。愛媛県西条市小松町出身。平成26年9月、汐風川柳社入会。平成28年6月、全日本川柳大会脇取り。平成29年1月、汐風川柳同人・役員。

藏田正章（くらた・まさあき）
平成23年川柳初投句。平成25年句会セブンティーン入会。平成28年NHK学園受講。定期投句は輝け川都、今日感川柳、京町銀天街川柳、北九州文学協会他。随時各大会に参加。

斉尾くにこ（さいお・くにこ）
平成17年、新聞柳壇初投句。平成22年、川柳塔同人。平成24年、川柳文学コロキュウム会員。平成28年、路郎賞受賞。平成29年、川柳マガジン文学賞準賞。

杉山　静（すぎやま・しずか）
本名・澄子。昭和22年奈義町に生まれる。昭和41年大阪市に就職。昭和45年久米南町に嫁ぐ。昭和56年弓削川柳社会員。平成7年弓削川柳社同人。平成25年弓削川柳社事務局長。

著者プロフィール

瀬戸れい子（せと・れいこ）
平成17年、新聞に川柳初投句。平成18年～28年、広島川柳会会員。平成29年7月、川柳同友会みらい会員、現在に至る。RCCカルチャー川柳教室講師。

田中一眸（たなか・いちぼう）
平成8年、川柳入門。鈴木公弘氏に師事（現在に至る）。川柳同友会みらい所属。令和元年、一般社団法人全日本川柳協会常任幹事に就任。

徳長　怜（とくなが・れい）
平成23年、一の坪吟社を引き継ぐ。ふあうすと川柳社同人。とくしま文学賞選考委員、読売新聞阿波文芸、毎日新聞徳島柳壇選者。

原　脩二（はら・しゅうじ）
昭和17年、広島県呉市生まれ、母の再婚で姓が久常から原に。川柳マガジンクラブ岡山句会世話人。新潟川柳文芸社同人他三つの川柳会会員。しんぶん赤旗川柳選者を4年経験。

平尾正人（ひらお・まさと）
鳥取県智頭町生まれ／鳥取赤十字病院小児科部長を経て現在鳥取県保健事業団健診センター所長／所属：川柳文学コロキュウム、現代川柳、東京みなと番傘川柳会。

藤井智史（ふじい・さとし）
昭和54年生まれ。岡山県笠岡市在住。川柳塔社理事。井笠川柳会会員。弓削川柳社会員。月一回、笠岡市近隣の川柳仲間が集まる「あすなろ句会」に参加。

前田楓花（まえだ・ふうか）
平成23年、川柳塔社同人。読売新聞とっとり文芸川柳選者。川柳ふうもん吟社副会長。大山滝句座。

もりともみち（もり・ともみち）
句会セブンティーン所属。毎日新聞万能川柳最優秀新人賞。京町銀天街川柳大賞。北九州文学協会文学賞。ねんりんピック富山特選賞。大野風柳賞准賞。全日本川柳誌上大会川柳大賞。

山下華子（やました・はなこ）
ふあうすと川柳社同人。川柳噴煙吟社同人。琳琅誌友。いけ花龍生派家元教授。川柳華子の世界のブログを平成16年より毎日更新中。川柳クラブ大蛇山主宰。毎月えるるで句会。

吉井楼太（よしい・ろうた）
昭和24年生。平成7年へちま会、平成12年世詩凡所属。平成14年宮崎番傘川柳会所属。平成18年川柳路誌友（万年新人）。宮崎県現代川柳協会理事。宮崎県みやざき文学賞運営委員。

精鋭作家川柳選集

中国・四国・九州編

○
2020年 8 月 7 日　初　版
編　者
川柳マガジン編集部
発行人
松　岡　恭　子
発行所
新　葉　館　出　版
大阪市東成区玉津1丁目9-16 4F　〒537-0023
TEL06-4259-3777㈹　FAX06-4259-3888
https://shinyokan.jp/
印刷所
第一印刷企画
○
定価はカバーに表示してあります。

ISBN978-4-8237-1034-6